AF219764

Sonja Kollegger

Diskooma

Bibliografische Information der Deutschen
Nationalbibliothek:
Die Deutsche Nationalbibliothek verzeichnet diese
Publikation in der Deutschen Nationalbibliografie;
detaillierte bibliografische Daten sind im Internet über
http://dnb.dnb.de abrufbar.

© 2021 Sonja Kollegger

Herstellung und Verlag: BoD – Books on Demand,
Norderstedt

ISBN: 9783755734529

„*Der schönste Tod wäre auf der Tanzfläche.*
Tanzen, umfliegen und fertig!"

(Renate Kollegger)

Inhalt

Oma am Sandlerball

Unsere Diskooma war eine Geborene Fasching. Ja, kein Scherz! Das war ihr Familienname und *Nomen est Omen*. Sie war immer für Schabernack und Verkleidung zu haben.

Der Sandlerball war eine Veranstaltung der besonderen Art in Gratkorn. Oma warf sich ins Zeug, also in die „Fetzn" und schminkte sich braune Flecken ins Gesicht, trug einen zerrissenen Rock und eine löchrige Bluse. Natürlich durfte der Sandlerschmuck nicht fehlen und so hängte sie sich passend zum Outfit eine billige Kette um. Ein Handtascherl, das schon sehr ramponiert war, gehörte ebenfalls dazu. Erfinderisch wie sie war, schrieb sie auf ein Pappschild „Spende für die Sandlerin" und ein großes „Danke" mit drei Rufzeichen. Dann stach sie mit der Schere zwei Löcher hinein und zog einen Spagat zum Umhängen durch. Ein paar Zähne lackierte sie schwarz und die

Haare toupierte sie sich auf. Dann noch ein paar Blätter und Stroh ins Haar gesteckt – fertig war die perfekte Sandlerfrisur. Gott sei Dank fand sie eine alte Strumpfhose mit einer fetten Laufmasche, die sie über ihre hübschen Tanzbeine zog.

Die Fingernägel lackierte sie grün, denn die Farbe mochte sie sehr gerne. Ein bisschen Rouge und Lippenstift durften auch nicht fehlen.

Beim Ball fiel sie erstens durch ihr Outfit und zweitens durch ihren fröhlichen Tanzstil auf.

Sie tanzte mit den Männern im Saal und forderte auch meinen Onkel auf. Nach dem Tanz zeigte sie auf ihr Schild und öffnete ihr Täschchen. Die lustigen und schon angeheiterten Steirer waren nicht geizig und gaben der Verkleideten großzügige Spenden. Mit der Zeit klimperte nicht nur ihr charmanter Wimpernaufschlag, sondern auch die gut gefüllte Handtasche.

Es gab drei Preise zu gewinnen für die beste Kostümierung. Der Hauptpreis war ein großer Geschenkkorb, der prall mit lokalen Gaumenfreuden gefüllt war. Kernöl, Nudeln, Marmeladen, Honig und Hauswürste ragten aus dem Körberl.

Ein Mann, der die Aufgabe des Moderators hatte, schritt auf die Bühne. Die Musikanten verstummten und es wurde leise im Saal. „Liebe Sandlerinnen und Sandler! I möcht jetzt die Gewinner herausbitten. Dritter Platz Frau O…, zweiter Platz geht an Herrn M…, und für den ersten Platz, die beste Kostümierung, bitte ich die Sandlerin mit dem Pappendeckelschild zu mir!"

Der Saal tobte und die Männer applaudierten, Jung und Alt fanden die lebenslustige Sandlerin spitze. Es wurde laut gepfiffen für unsere rüstige Diskooma! Oma schob sich durch den Saal und hüpfte auf die Bühne. Man konnte sehen, dass sie ihren Auftritt genoss.

„Gratuliere!", gab der Veranstalter von sich und überreichte ihr den Preis.

Oma strahlte über beide dreckigen Ohren und ihre Zahnlücken blitzten auf. Sie erzählte mir oft vom Sandlerball und dass sie nicht einmal von ihrer Verwandtschaft erkannt worden war. Als ich einmal bei meinem Onkel Hansi Milch holen war, erzählte er mir, wie lustig der Abend gewesen war und dass selbst er sie nicht erkannt hatte.

Niemand hatte sie erkannt! Sie hatte ihre Verkleidung bis zum Schluss durchgehalten.

Oma die Kriminölle

„Guten Tag, hier spricht die Polizei Gratkorn, sind Sie Frau K.?", erschallt eine Männerstimme aus dem Smartphone meiner Schwester.

„ Ja, das bin ich", seufzt meine Schwester als Antwort und fragt sich, was jetzt schon wieder los ist.

„Sie sind vorgeladen, weil Ihr Nachbar eine Anzeige erstattet hat. Ihre Großmutter hat in einer Nacht und Nebel - Aktion seine Thujen radikal abgeschnitten. Ihnen gehört das Grundstück, stimmt das?"

„Ja, das ist meines."

„Zur Klärung erscheinen Sie bitte am Dienstag um 10 Uhr bei uns am Posten!", ordert der Schandi, Pardon, der Polizist.

„Okay, dann bis Dienstag, auf Wiederhören!", flötet meine Schwester ins Telefon.

„Danke und auf Wiederhören", verabschiedet sich der Beamte förmlich.

Am Posten in Gratkorn findet sich meine Schwester am vereinbarten Termin ein.

„Herr X ist zu uns gekommen, weil seine Thujen radikal zurückgeschnitten wurden und die Pflanzen dadurch Schaden genommen haben", klärt der uniformierte Gesetzeshüter die junge Grundstücksbesitzerin auf.

„Meine Oma hat die Pflanzen deswegen zurückgeschnitten, weil sie eineinhalb Meter weit in mein Grundstück ragten und das auf einer Länge von 100 Metern. Das ergibt einen Verlust von 150 Quadratmetern."

„Ja, das ist viel, aber hätte man das nicht anders klären können?", stichelt der Bedienstete.

„Wir haben es versucht, aber der Nachbar war nicht daran interessiert. Deshalb hat meine Oma die Initiative ergriffen und mit der Heckenschere alles abgeschnitten, was über den Zaun herüberragte", erklärt Bea.

„Wir werden uns selbst ein Bild davon machen, um den Sachverhalt zu begutachten und zu dokumentieren. Vielen Dank, dass Sie gekommen sind. Wir werden Sie verständigen", verabschiedet der Polizist die junge Frau.

Ein paar Tage später erscheint ein Polizeiwagen und zwei Beamte steigen aus. Bewaffnet mit einer Digitalkamera und einem Notizblock sowie einem Kugelschreiber betreten sie das Grundstück und machen professionelle Aufnahmen von der abgeschnitten Thujenhecke. Am Grundstück ist ein großer Haufen Thujenäste, also Beweisstücke des präsenten Kriminalfalles.

Nach wenigen Minuten der Inspektion und akribischer Dokumentation des lebendigen Zauns ziehen sie wieder ab und ein paar

Wochen später - wir wissen alle, die Mühlen der Justiz mahlen langsam - flattert ein Brief ins Haus: Der Fall ist ad acta gelegt worden.

Daraufhin startet im Gegenzug eine Nacht und Nebel - Aktion des Nachbarn. Er erhöht seinen Zaun weit über das erlaubte Maximum und zieht darauf auch noch einen Stacheldraht. Dies ist schon längst wegen des hohen Verletzungsrisikos in Österreich verboten.

Seltsamerweise versteht sich meine Schwester nicht sonderlich gut mit dem Wochenendnachbarn.

Dafür, dass es sich lediglich um eine Fischerhütte und einen Fischerteich handelt, beschützt er seinen Grund, als wäre es Fort Knox! Wer weiß, welche Fische der im Teich hat, vielleicht sind es ja preisgekrönte Koi oder ein paar seltene Haie?

Betonrechnung in Omamanier

Der Hausbau meiner Eltern begann mit dem Aushub des Kellers. Auf dem Hang, wo bald mein Elternhaus stehen sollte, wurde eifrig Erde ausgehoben und abgegraben. Mein Vater überwachte alle Arbeiten sehr genau und führte über die Ausgaben akribisch Buch.

Der Keller war fertig, dann kam der erste Stock dran. Der Mann meiner Taufpatin war gelernter Maurer und half als Hochzeitsgeschenk bei den Maurerarbeiten mit. Ja, damals wurden buchstäblich Schweiß und Tüchtigkeit geschenkt.

Mein Vater organisierte die Betonladung, die Mischer und die Maurer für die Zwischendecke. Nach dem Einspritzen erschienen jedoch die Mischwägen nicht.

„Wo sind die LKWs? Ich habe sie für 13 Uhr bestellt!"

„Ja, sie sind falsch gefahren, sie kommen gleich."

Der Mann unten bei der Pumpe langweilte sich und der Beton fing an, hart zu werden. Das ist nicht die beste Voraussetzung, eine tragfähige Decke einzuziehen, denn die gesamte Betonschicht sollte unbedingt gleichmäßig hart werden und in einem Zug eingespritzt sein.

Endlich erschien die gewünschte Ladung, diesmal alles gleichzeitig, wodurch der Typ an der Pumpe dreimal so viel zu tun hatte. Die Maurer zogen alles gleich und kamen ins Schwitzen. Der Grundriss umfasst 130 Quadratmeter und der Beton wurde schon zähflüssig.

Alles funktionierte wunderbar, der Fauxpas wurde professionell und mit einigen Litern Schweiß abgewendet.

Da purzelte die Rechnung herein. Der Mann an der Pumpe wurde für fünf Stunden berechnet statt für zwei und der Stundensatz betrug 1000 Schilling. Mein Vater zückte den Hörer des Festnetzanschlusses und gab Nummer für Nummer in der Drehscheibe ein, bis es in der anderen Leitung klingelte: „Das zahle ich sicher nicht! Wenn Sie einen Fehler machen und Ihre Betonmischwägen Verspätung haben, zahle ich die drei Stunden nicht. Die Rechnung werde ich Ihnen retournieren."

Ja, da ließ er sich nicht abzocken. Dann kam die korrigierte Rechnung mit den zwei Stunden zurück, welche er auch gerne bezahlte.

Doch ein paar Tage später kam eine andere, horrend-umfangreiche Rechnung von einer Betonlieferung, die 20.000 Schilling betrug. „Sehr seltsam!", dachte sich mein Vater und blätterte sofort in seinem Rechnungsbuch nach.

Da fand er jedoch keine Lieferung und trottete abermals zum Festnetztelefon, einem Apparat mit dicker Wählscheibe, wählte die Nummer und erkundigte sich: „Was ist das für eine Rechnung? Meines Erachtens habe ich diese Lieferung niemals erhalten und ich befinde mich täglich auf der Baustelle."

„Ja, die Lieferadresse ist auch eine andere als die Rechnungsadresse," gab die freundliche Stimme Auskunft.

„Wie soll ich das verstehen?", hakte mein Vater nach.

„Geliefert wurde an Ihre Mutter und sie gab uns den Auftrag, die Rechnung an Sie zu schicken."

„Wie bitte? Echt jetzt? Das zahle ich sicher nicht! Sie soll ihr Haus gefälligst selbst bezahlen, ich habe genügend Kosten, mein Eigenheim zu erhalten. So eine Frechheit!", rief er wütend.

Das war wieder eine typische Diskooma –
Aktion gewesen. Dreist und ohne Skrupel!
Einfach probieren, vielleicht zahlt´s ja
jemand anderes.

Oma stiehlt a Puppe

Als in der Nähe des Wohnortes meiner Oma ein Feuerwehr -Flohmarkt stattfand, musste sie diesen unbedingt mit meiner Schwester besuchen. Oma holte meine Schwester ab und sie fuhren mit dem Geländewagen zum Flohmarkt. Sie parkten und schlenderten von Stand zu Stand, immer auf der Suche nach einem Schnäppchen. Beatrice, meine Schwester, wurde schnell fündig. Eine beige Wollweste mit wunderschönen Metallknöpfen ließ ihr Herz höherschlagen. Sie passte ihr wie angegossen.

Oma war eine taffe Käuferin und handelte den Preis stark herunter. „Wie viel kostet des Jankerl?", plärrte unsere Oma. „7 Euro", stammelte die etwas eingeschüchterte Dame. „Ich gebe Ihnen 3 Euro. Probier amol an, den Fetzn!", forderte die Diskooma ihre Enkelin auf und schleuderte das Kleidungsstück quasi in ihre Hände.

Da erblickte meine Oma etwas, was ihr Herz berührte und sie unbedingt haben musste. Eine Puppe saß angezogen wie ein Mensch lebensgroß auf einem Sessel.

„Wie viel kostet die?", erkundigte sich Oma.

Die Verkäuferin entgegnete ihr: „Die ist nicht zu verkaufen! Sie ist unser Maskottchen für den Flohmarkt."

„Sagen´s doch, wie viel Sie haben wollen! Ich zahl es Ihnen", hakte Oma nach, weil sie die Puppe unbedingt mit nach Hause nehmen wollte.

„Wie gesagt, sie steht nicht zum Verkauf. Tut mir leid!", beharrte die Frau.

Meine Oma ließ so schnell nicht locker. Wenn sie sich etwas in den Kopf gesetzt hatte, dann zog sie das auch durch. In einem unbeaufsichtigten Moment klemmte sie die Puppe unter ihren Arm und spazierte

Richtung Auto. Drei Damen stiegen ins Auto, also zwei stiegen ein und eine wurde hineingehievt, und verließen den Tatort. Nach einer kurzen Autofahrt von wenigen Minuten waren sie zuhause angekommen.

„Oma, des kannst ja net mochn!", versuchte meine Schwester ihr ins Gewissen zu reden.

„Und wie ich kann, siehst eh! Was kann ich dafür, wenn die Frau sie mir net verkaufen wollt?", versuchte sie sich herauszureden.

„Für was brauchst du diese Puppe, bitte?", wollte Beatrice wissen.

„I hob was vor, i zeig´s dir gleich!", machte Oma meine Schwester neugierig.

Das Diebesgut setzte sie auf die Holzbank vor ihrem Haus und verkündigte: „Das ist eine super Attrappe! So denkt sich jeder Einbrecher, dass da jemand zuhause ist und wird von der Puppe getäuscht."

„Echt jetzt? Wegen dem hast du die Puppe mitgehen lassen?"

„Ja, dann fahren sie gar nicht zu mir auf die Privatstraße, denn von der Weite sieht die Puppe wie ein echter Mensch aus. Ha!", rief sie stolz.

Nach kurzer Zeit erschien ein Auto. „Wer ist denn das?", fragte Oma mehr sich selbst als meine Schwester. Der orange Wagen blieb vor Omas Haus stehen. Heraus stieg die Frau vom Flohmarkt. „Habe ich mir ja gedacht, dass die Puppe nur bei Ihnen sein kann!"

„Äh, ja! Die ist so toll und a super Stalker-Abwehr. So kommen keine Verrückten mehr her."

„Eigentlich wollte ich sie mir zurückholen, aber wissen Sie was? Ich schenke Ihnen die Puppe!", resignierte die Dame. Unsere Diskooma hatte wieder gewonnen. Frechheit siegt!

Oma am Schwarzlsee

„Ma, i mog schwimmen geh'n! Fahr ma Schwarzl owi?", raunze ich meine Oma an. Sie ist stets auf der Pirsch und sehr unternehmungslustig. Deshalb weiß ich insgeheim schon ihre Antwort.

„Jo, sicher! Is dir eh net z´kalt?", erkundigt sie sich, denn es ist schon Anfang September.

„Im Wasser is es eh schön warm. Der See kühlt später ab. Müss ma uns halt glei umziehen, wenn ma raus gehen", teile ich ihr mit.

„I brauch mi net umziagn, weil i glei nackert einigeh. Is a FKK-Bereich dort", verkündet sie mir. Das heißt Oma will im Evakostüm schwimmen gehen.

„Ja, aber i hab einen an und dann darf man net in den FKK-Bereich!", singe ich genervt.

„Es wird eh niemand dort sein. Die Saison is aus und dann schert sich kana drum, ob du nackert oder mit Badeanzug einigehst. Das Beste, es is gratis!"

Wir springen in ihren Geländewagen und düsen Richtung Süden. Der Schwarzlsee liegt nur wenige Kilometer von Graz entfernt. Als wir aufs Gelände fahren, sehen wir niemanden.

„Arg, da ist ja niemand! Net amoi Spaziergeher - wie ausg´storbn! Vorige Woche war noch die Hölle los!", rufe ich erstaunt und schaue auf den See.

Wir fahren in die Nähe des FKK-Bereiches und parken. Der Himmel ist bewölkt, aber es ist noch angenehm warm. Gemütlich spazieren wir über die Brücke und betreten die Wiese. Auch keiner da. „Owa mit die Fetzen!", ruft Oma und ich sehe ihre Kleidung durch die Luft wirbeln.

Nackt, wie Gott sie erschaffen hat, schreitet sie zum Wasser. Sie hält ihren großen Zeh hinein. „Schön warm!", vernehme ich noch und dann macht es schon „Platsch!" und sie ist im Wasser.

„Kum eina!", fordert sie mich auf und ich scanne das Ufer noch einmal nach Badegästen bzw. nach Spannern ab. Wenn ich mich ausziehe, dann braucht keiner im Gebüsch hocken und mich angaffen. Habe gehört, dass manche Männer hier immer wieder herkommen, um zu spannen. Das brauche ich nicht! Die Luft ist rein und ich lasse den Stoff fallen. Rein ins Wasser!

„Des is ja bacherlwarm!", stelle ich fest und bin so froh, dass ich die Eingebung gehabt habe, herzukommen. Sofort schwimme ich ein paar Längen.

Da taucht plötzlich ein junger Mann auf! Er spaziert vorbei, um dann wieder zurückzukehren. Danach setzt er sich ans Ufer und beobachtet uns.

„Hallo, schöner Mann!", bandelt Oma mit dem jungen Mann, der ca. Ende 20 ist, an.

„Grüß euch!", kommt vom Ufer zurück.

„So a schöner Mann. Ein Adonis! Komm doch rein ins Wasser!", flirtet sie gleich drauf los und erhebt sich etwas aus dem Wasser, sodass ihre vollen Brüste zu sehen sind.

Ich kann es nicht glauben! Oma geht auf Aufriss und das neben mir. Sie nähert sich dem Ufer und schäkert mit dem Jüngling. Er findet sie sichtlich nett und ist ihr nicht abgeneigt.

Ich beschließe, eine Runde zu schwimmen und lasse sie turteln. Gelächter und Komplimente fliegen nur so um den See. Dann verabschiedet sich der vermeintliche steirische Liebesgott von Oma. Mir winkt er vom Ufer aus zu. Ich schwimme zur ihr zurück.

„Den hätt i jetzt fast vernascht, wenn du net da gewesen wärst. So ein Körper, ein

Adonis!", schmachtet sie ihm und der verpassten Gelegenheit nach.

„Ma, Oma! Sogar am See und bei dem Wetter?", rufe ich überrascht.

Oma und das Gras

Weil bei Oma im Garten die Obsternte mager ausgefallen war, machte sie sich auf die Suche nach einem Imker. Sie wurde auch schnell fündig und beauftragte ihn, bei ihr einen Bienenstock zu deponieren, um wieder reich ernten zu können. Der freundliche Imker kam mit einem Stock und platzierte diesen auf einem ausgewählten Stückchen Wiese. Da erspäht der junge Mann ein paar Hanfpflanzen auf Omas Grundstück.

„Sie wissen schon, dass die Pflanzen verboten sind?"

„Ach so! Ja, egal, sie riechen so gut."

„Ich habe auch solche Pflänzchen bei mir zu Hause, aber ich rauche sie", gab er Preis.

„Kann ich sie einmal anschauen kommen? Wie wachsen die im Haus? Können Sie mir ein paar Tipps geben?", flötete sie und klimperte mit den Wimpern. Das tat sie immer, wenn sie etwas haben und besonders charmant ankommen wollte. Sie strahlte den jungen Mann an und kam mit zu ihm.

Der junge, langhaarige Mann zeigte der interessierten Botaniker seine grünen Pflänzchen, die er in Töpfen zu Hause großzog. Mit einer Taglicht-Lampe hatten die Zöglinge es schön kuschelig warm und konnten groß und stark werden. Wenn Erntezeit war, schnitt er sie ab und trocknet sie am Dachboden. Viele weitere lehrreiche und spannende Tipps gab er kund. Nachdem sie in die hohe Kunst des Grasanbau eingeweiht worden war, machte sie sich wieder auf den Heimweg, um am nächsten Tag wieder zu erscheinen. Sie klingelte. Keiner da.

Oma öffnete die unverschlossene Tür und spazierte einfach mir nichts, dir nichts ins Haus hinein. Sie ergatterte die schönsten Pflanzen und warf sie in ihr Auto. Dann startete sie den Motor und sah zu, dass sie Meter gewann.

Daheim angekommen, packte sie den Hanf aus dem Auto und auf die Terrasse und genoss den vollen Duft der Pflanzen, die jetzt in voller Blüte standen und ihr süßes Aroma entfalteten.

„Ach, herrlich!", seufzte die Siebzigjährige und atmete den betörenden, illegalen Duft ein. Sie fühlte sich wie ein Hippie in den 60er Jahren, warf eine CD ein und drehte laut Discomusik auf.

Da hörte sie ein Auto zum Haus fahren, ihr schwante nichts Gutes. Der Jungbauer, Imker und Hobbygärtner stand auf der Matte.

„Haben Sie meine Pflanzen mitgenommen?"

„Äh, nein wieso? Was ist denn mit den Pflänzchen?"

„Ich weiß, dass Sie sie haben. Sagen Sie mal, wollen Sie damit zur Polizei und mich verpfeifen?"

„Nein, mir gefallen sie so gut. Das Parfum, welches sie verströmen, ist himmlisch! Ihre Pflanzen riechen so göttlich und meine gar nicht."

„Aha! Also werden Sie mich nicht anzeigen?"

„Aber geh, wen interessiert die Gendarmarie? Niemanden! Ich finde die Pflanzen ganz toll und erfreue mich an ihnen."

„Hätten Sie was gesagt, ich hätte Ihnen welche schenken können. Aber Sie können nicht einfach in mein Haus einbrechen und sie holen!"

„Tschüss und danke!", sang die leicht betörte Oma von der Terrasse herab und wendete sich wieder ihrer neuen Errungenschaft zu.

Der Imker war sichtlich erleichtert, dass die Geschichte geheim geblieben war, holte sein Imker Outfit und seine Utensilien, packte sein Bienenvolk ein und ward nie mehr gesehen.

Das untergejubelte Urnengrab

Meine Urgroßeltern bauten ein Haus und die Kinder mussten fleißig mithelfen. Meine Oma hatte drei Brüder und war das einzige Mädchen. Sie musste genauso anpacken wie ihre Brüder, und so trugen sie Ziegeln und halfen, wo sie konnten.

Das Haus wurde von der Familie bewohnt, und als dann die Großeltern starben und jeder der Geschwister sein eigenes Haus bauen wollte, beschlossen sie, das Haus zu verkaufen und das Geld aufzuteilen.

Ein Käufer wurde schnell gefunden. Es war der angrenzende Nachbar. Ein sehr strebsamer und genügsamer Mann. Fleißig ging er vierzig Jahre lang arbeiten.

„Der hot sich nie wos kauft. Is imma mit dei sölb'n Sochn uma g'lafen. Der hot a Ledertosch'n die gaunzen Johre über g'hobt - zwanzig Johr, immer die sölbe Tosch'n! Und G'waund a. Der hot jeden Schülling g'sport!"

Damit er gut ausschlafen konnte, hatte er sich das eine angrenzende Haus gekauft. Dann nach zehn Jahren hatten auch die anderen Nachbarn verkauft, da hatte er auch zugeschlagen, denn er wollte keine lästigen Nachbarn haben!

„Wer weiß, vielleicht zieht sonst a Familie mit Hund ein und dann böllt der die ganze Zeit. Da hob´ ich´s lieber schön ruhig.", erklärte der mehrfache Hausbesitzer meiner Oma.

„Den Maunn versteh i ned. Der hot alles eisern wegg´sport, nur um si a poar Heiser zu kauf´n! Ma kaunn ja eh nur in an Haus wouhnan. Was moch i mit 3 Heiser? Do gib i doch wos zum Leben aus, als nur sporn für nix! Die Heiser kaun er eh net mit nehman ins Grob!", regte sich die Diskooma auf, die das Geld sicher gerne im Tanzlokal verbraten hätte.

„Bei unser´m Haus hat er gleich ein Urnengrab mitgekauft, von dem er nix weiß. Der wird si anschauen, wenn er ´moi an Bam setz´n wü, und dann die Urgroßmutter entdeckt! Ha!", rief die Oma und fand die Vorstellung äußerst amüsant.

„I geh liaber in die Disko tounzen, weil i koun e nix mit ins Grob nehman!", rief sie und strahlte wie ein Honigdiskopferd.

Wenn ich heute vorbeifahre, sehe ich die Häuser, wie sie so dastehen. Wie damals ...und langsam, aber sicher verfallen, weil sie unbewohnt sind.

Oma und die Hexe

Als wir, eine Freundin und ich, vom Auto aussteigen, da schaut die Oma von ihrem Balkon herunter. Iti hat lange blaue und blonde Zöpfe und ist immer sehr bunt angezogen, meist trägt sie Röcke und ist im Zwiebellook unterwegs.

„Die Hex is do!" ruft die Oma von oben auf uns herab. Die Freundin empfindet dies als Kompliment und strahlt über das ganze Gesicht.

„Du wohnst in einem Knusperhäuschen und hast sicher a schwarze Katze!"

„Ja, ich wohne in einem kleinen Häuschen, habe eine schwarze Katze und einen schwarzen Kater!", steigt Iti belustigt auf Oma´s Begrüßung ein.

„Habe ich doch gewusst, dass du die Hexe bist!", freut sich die Diskooma, die auf ihrem Balkon thront.

„Gemma spazieren? Kummst owa?" fordere ich meine lustige und moderne Oma auf, die wie eine Königin von der Balustrade auf das gemeine Fußvolk winkt.

„Jo i kumm!", willigt sie ein und verschwindet vom Balkon.

"Cool, dass dei Oma glei Hex zu mir sogt! Manxmal, wenn i mit dem E-Scooter unterwegs bin, dann haben Kinder am Gartenzaun mich auch als Hexe deklariert."

"Du bist eh eine Kräuterhexe! Kennst dich gut damit aus. Alte keltische Bräuche sind dir vertraut!"

Holterdipolter stapft Oma ins Erdgeschoß…und nach dem Sperren von mindesten vier Hausschlössern erscheint die Diskooma. Das Haus erscheint mir wie Fort Knox oder eine Burgfestung. Oma hat ständig Angst vor Einbrechern, wobei es bei ihr nichts zu stehlen gäbe außer einer Menge „Klumpat"!

„Gemma zum Boch, da gibt es Minze - die können wir pflücken!" fordert uns die Burgherrin auf.

„Welche Schuhgröße hast du?", erkundigt sie sich bei der Hexe und deren Antwort kommt ihr grad gelegen.

„41 – des passt! Ist die gleiche wie der Opa gehabt hat. Wart´, da hob ich noch Gummistiefeln von ihm. Wenn ma zum Boch gehen, müssen wir rein steigen."

Wir spazieren die geschotterte Privatstraße entlang bis zu der Stelle, wo der Bach unter die Straße geleitet wird. Dort ist die Wiese überwuchert von der Minze. Ich kann auf den ersten Blick nichts erkennen, weil es an Unkraut erinnert, aber die Hexe kennt sich, wie es für Hexen so üblich ist, mit Kräutern aus.

„So, steig eini mit dei´m Kitt´l und pflück dir Minze!" kommt die etwas herrische Aufforderung von der Oma, und Iti nimmt ihren Rock mit einer Hand hoch und springt in den Bach. Sie pflückt büschelweise Minze. „Das ist ein toller Tee und noch dazu gratis. Und im Sommer sehr erfrischend. Nimm ruhig viel, das wächst hier wie Unkraut."

Iti pflückt und pflückt, und ich kann sie vor lauter Minze in ihren Händen kaum noch sehen. Da befiehlt Oma: „Geh durt umi, durt is a no wos." Die blauzöpfige Frau trägt schon kiloweise Grünzeug, doch die Diskoqueen sieht noch mehr: „Jetzt muasst do umi, do is a no so vü!"

Iti kann sich im Bach kaum halten, die Sicht wird auch schon erschwert, da ruft Oma: Do vurn, do host a no net prockt!" und zeigt auf eine andere Stelle.

"I glaub wir hom gnua, Oma! Wer sull, denn des ois trinkn?"

Die Kräuterhexe stieg mit den Gummistiefeln aus dem Bachlauf und verzauberte in den nächsten Wochen alle Freunde und Nachbarn mit frischer Minze!

Schatz im steirischen Dschungel

Für die „Heiße Liebe" hatte Oma mit Himbeersträuchern vorgesorgt. Vanilleeis mit Himbeeren liebte sie. In den letzten Jahren besuchten meine Schwester und ich sie immer zur Beerensaison.

„Geh in den Gort´n und pflück die Himbeeren, dann kounnst´ a Marmelad´ draus moch´n!", herrschte sie mich an.

„Des is ka Gort´n wos du host, des is a Dschung´l!", warf ich ihr zurück. „Da brauch i a Macheten bei deine zwei Meter hohen Brennesseln!"

Seitdem unser Opa nicht mehr unter uns weilte, verkam der Garten immer mehr und wucherte komplett zu. Es kreuchten so einige Schlangen auf dem Grundstück, und der verlassene Fischteich verlandete mit der Zeit.

Das „Himbeerbrock´n" entpuppte sich als echtes Abenteuer für uns Schwestern.

Zentralamerika war mein Traumreiseziel und als ich mich bei meiner Oma im steierischen Dschungel durch die stacheligen und mannshohen giftgrünen Brennesseln schob, um zu den fruchttragenden Pflanzen zu gelangen, da wurde mir klar:

„Da Dschung´l is a Schaß geg´n die Brennesseln! Ma braucht, gor net weit flieg´n, afoch hier her kumman. Abenteuer pur!"

Nach vielen Metern durch das schmerzvolle Labyrinth gelangten wir endlich zu unserem Schatz. Wir ernteten die leckeren Beeren und kosteten von den sonnengereiften, warmen Früchten. Immer mehr Beeren wollten wir pflücken. „Wenn ma schu ´moi im Dschungel san, dann soi sie des gleich auszohl´n!" Do kemma vü einkoch´n!"

Langsam, aber doch füllte sich der Eimer und war schon halb voll. Deswegen stellte ich ihn auf den Boden, der uneben war. Die

Bremsen wurden vom Duft unseres Schweißes angelockt. Sie bissen sich in unsere zarte Haut und saugten unser Blut. Gegenseitig fingen wir an, uns immer wieder auf den Rücken zu klatschen.

„Schlog bitte, schlog zua!", forderte ich meine Schwester auf. Die Stellen waren oft nicht leicht erreichbar.

"Au!"

"Du host jo g´sogt i sull schlog´n."

„Jo, aber net so fest.", murmelte ich und wurde immer hektischer beim Beerenlesen.

Die Sonne knallte auf uns herab, der Schweiß zog nach und nach immer mehr blutsaugende Biester an.

„Schnö´, auf mein Ruck´n!", rief meine Schwester und dort saß frech ein fettes kleines Monster. Ich zog auf und klatschte mit voller Wucht auf ihren Rücken.

„Dei san echt nervig! So vüle!", stimmte mir meine Schwester zu.

"Wir ham eh gnua, gemma!", und als ich die Worte aussprach, kippte der Eimer um, die Himbeeren purzelten auf das zusammengetretene „Gstauda".

„Naaaaa!", brüllte ich vor Zorn.

„Wos is´ passiert?"

„Der Kiabl is umg´flogn!", erklärte ich ihr. „So a Schaß!"

„Hau die Beeren eini - wir kochen eh Marmelad´ draus. Is jo wurscht!", rief meine Schwester mir zu.

Hastig schaufelte ich mit den bloßen Händen die Himbeeren zurück in den Eimer.

„Wie schaut´s ihr denn aus?", grinste unsere Diskooma schelmisch. Unsere Frisuren waren im Arsch, der Rücken blutverschmiert, die Beine mit weißen Punkten übersät und die Hände pink bis tiefrot verfärbt. Kurzgesagt, wir sahen völlig abgekämpft aus.

„Frog net so bled! Schließlich waßt du eh, dass du an Dschung´l host und kan Gort´n!", pfauchte ich.

Oma und der Mammutknochen

Ein Eiszeit-Fund wurde bei uns in der Gemeinde bei Grabungen zufällig entdeckt.

Alle im ganzen Ort waren fasziniert und meine Oma, eine selbsternannte Hobbyarchäologin, war Feuer und Flamme.

„Da haben sie was gefunden, i was wo des is, i kenn di Stö´! Man kann auch freiwillig mithelfen bei den Ausgrabungen."

"Aha, ja sehr interessant."

„Aber i bin doch net blöd und puddle do gratis im Dreck!" So ist die Disco Oma - wie sie leibt und lebt.

„Ich geh lieber die ganze Nacht tanzen, das nenne ich Leben!"

Nach einigen Wochen der Ausgrabungen und des Archäologen-Fiebers nahm sich ein Professor des Universalmuseums Joanneum, des Themas an.

Er hielt für die Bewohner des Ortes und andere Interessierte einen Vortrag im Ort. Die Bevölkerung wollte die Details ganz genau wissen, daher referierte er über diesen wichtigen Fund.

Der Saal war getreten voll - so ein Spektakel wollte sich keiner bzw. keine entgehen lassen!

Endlich passierte mal etwas Wichtiges in unserer 9.000 Seelen-Gemeinde.

"Bei den paläontologischen Grabungen in der Tongrube in Gratkorn haben wir eine der bedeutendsten Wirbeltierfaunen Zentraleuropas entdeckt, die rund 12 Millionen Jahre alt ist. Der Fund ist nicht vergleichbar mit anderen, denn die Vielfalt der Wirbeltiere ist hier breit gefächert. Wir haben Fundstücke vom Krokodilmolch bis zum Hauenelefanten. Zwei neue Schneckenarten und eine neue Muschelkrebsart wurden hier ausgegraben! Sogar ein Flughörnchen!"

Meine Oma hatte auch einen interessanten Fund im Garten gemacht. Sie hatte die Knochen fein säuberlich ausgegraben und mit dem Pinsel frei gelegt.

Den Fund hatte sie in ein altes T-Shirt eingewickelt und war sich sicher, es müsse sich ebenfalls um ein miozänisches Tier handeln. (Miozän nennt man die Epoche vor 12 Millionen Jahren.) Vielleicht war es ein Mammutknochen oder ein Knochen eines Säbelzahntigers, vielleicht auch einer von einem vorchristlichen Bären. Wer weiß?

Stolz präsentierte sie den gehobenen Schatz und zeigte ihn dem Gelehrten.

Er beäugte die Knochen, dann meine Großmutter, die ihn anlächelte.

„Ich muss sie enttäuschen, das sind lediglich Haustierknochen."

Sie packte die Knochen ein und verließ den Raum. Ungläubig sprang sie in ihren Geländewagen und fuhr nach Hause.

Am nächsten Tag fing sie an, im Teich nach Urzeitkrebsen zu fischen.

„I hab a Urzeitmuschel, a Fossil gefunden!" sang sie ins Telefon als sie mich anrief.

Oma mit Colt

Viele Gänse liefen auf dem anschaulichen Grundstück meiner Großeltern herum. Sie waren schon recht fett gefressen von den Schnecken und sonstigen krabbelnden Insekten, die rund um den Fischteich lebten. Da erkundigte sich der Cousin meines Vaters: „Wollen wir mal so eine Gans probieren?"

„Wenn du unbedingt willst, dann können wir eine essen, du musst sie aber Schlachten!", das waren Omas Worte. Daraufhin verschwand sie für ein paar Minuten im Haus. Als sie zurückkehrte, hatte sie ein Gewehr in der Hand und reichte es Thomas.

„Do host. Geht schon los!" ermutigte sie ihn, während sie ihm die Flinte in die Hand drückte. Er fasste sich ein Herz und schoss auf eine beliebige Gans. Eine erwischte er unglücklich am Hals. Ein Streifschuss! Das Blut floss rot auf die weißen Federn herab.

„Wos mochst du? Des orme Vieh muass jo leiden!" schrie meine Oma wie das Rumpelstilzchen und lief abermals ins Haus, um dieses Mal mit einem Drehrevolver im Garten zu erscheinen.

„Sechs Schuss hast jetzt. Aber dalli!"

„Peng" krachte die handliche Schusswaffe. Die Gans war schon benommen durch den Blutverlust. Thomas schoss auch mit dem Colt daneben. Auch mit dem zweiten „Peng" verfehlte er das Tier. Der Oma wurde es zu bunt. Als geübte Schützin kam sie ihm zur Hilfe. Rasch nahm sie dem Burschen den Colt ab und pfefferte auf das Federvieh, das schon lethargisch mehr im Jenseits als Diesseits war, los. Das Gemetzel war vorbei.

„Kochen musst du sie!", meinte der freche Neffe.

„Ja, des mach i!" Oma verschwand in der Küche und schob die Gans als Ganzes, also in einem Stück in den Ofen, ließ sie für einige Stunden braten. Als sie schön braun und knusprig war, spazierte sie die Privatstraße hinauf zu ihrem Bruder und dessen Familie, die im Sommer in der Steiermark residierten.

„Da host die Gouns" präsentierte meine Oma das Bratwerk. Mit einem Klacken stellte sie das Reindl mitsamt der Gans auf den Tisch.

Das Wasser lief der Familie im Mund zusammen. Als sich Thomas ein Stück abschneiden wollte, war sie allerdings noch nicht durch.

„Ja, i nimm sie sicher net wieder mit owi" kam es barsch von der resoluten Oma. Die Gans wurde nochmals in den Ofen geschoben. Während sie weiter gebraten wurde, ging die Familie raus, um in der Sonne zu schwadronieren.

Drinnen blieben Thomas und sein Kollege, um den Ofen zu überwachen. Wie Max und Moritz nahmen die Burschen, nachdem ein paar Stunden vergangen waren, das Ding ihrer Begierde aus dem Ofen. Die Gans roch wunderbar und sah knusprig aus. Heimlich schnitten sie die zwei Hax´n ab. Es triefte vor saftigem Fett und das Fleisch war zart und mundete. Ein unvergesslicher Festschmaus! Die Jungs schlemmten während der Rest der Familie draußen ihren Wein trank. Oma roch den Braten im wahrsten Sinne des Wortes und stapfte in die Küche, sah in den Ofen und holte die Gans heraus. Die Beine fehlten aber bereits.

„Wer war das? ", schrie sie bitterböse. Es heißt ja, die Hax´n schmecken am besten. Die Strizzis hatten sich im oberen Stockwerk versteckt und hörten die Steirerin toben. Sie lachten sich ins Fäustchen.

„Dann esse ich die Brust", rief die Oma.

Ohne Strom- ka Radio!

Als ich bei meiner Cousine auf 900 Metern Höhe in Semriach auf Besuch war, übernachtete ich gleich bei ihr. Schließlich wohnte ich zu dieser Zeit in Wien und genoss die Auszeit von der Stadt. Während der Nacht gab es so einen heftigen Sturm, dass ich davon aufwachte und wirklich Sorge um das Dach hatte, beziehungsweise, dass ein Baum auf das kleine Häuschen fallen könnte. Da betete ich und schlief wieder ein.

Am Morgen heizte Melanie den Holzofen ein, und als ich das Licht in der Küche anmachen wollte, funktionierte es nicht. „Die Birne hat sicher ihren Geist aufgegeben.", dachte ich mir. Wir wollten Wasser kochen, um einen Kaffee zuzubereiten, aber leider bemerkten wir jetzt erst, dass der Strom nicht funktionierte.

„Der FI-Schalter wird g´flog´n sein!", vermutete Melanie und schlurfte in den Korridor, um ihn wieder einzuschalten.

„Es geht no imma net!", jammerte ich, mein Kaffeeverlangen steigerte sich von Minute zu Minute.

„I versteh des net. Do muass´ an Stromausfall geb´n hob´n. Woart, i scholt des Radio ein.", murmelte sie und als sie das Radio einschalten wollte, kam es ihr in den Sinn: „Des geht jo a nur mit Strom!"

„Echt? Hast du keine Batterien?"

„Doch aber des geht nur mit Strom!", klärte sie mich auf.

" Jo des is schu klor, dass es nur mit Strom geht!"

" Ach so, na i man des hot nix für Batterien. Des geht nur mit Kabel."

"So a Schaß! So a Klumpat! I man genau a Radio, des braucht man im Notfall! Also im

Ausnahmezustand und den ham ma jetzt da!"

„Schauen wir im Internet noch!", kam der Geistesblitz meiner Verwandten und auch das war lahm, sogar die mobilen Daten am Handy.

„ Do muss wos Grewares passiert sein!", stellte meine um drei Jahre jüngere Cousine fest.

„Ruf deine Mama an und frag was los ist!", forderte ich sie auf.

Sie zückte ihr Handy, wählte und nichts geschah.

„Des geht a net! Das Netz funktioniert net. Die Leitung ist tot!"

"Wort i probier mit meinem.", fachsimpelte ich, doch auch bei meinem Netzanbieter war tote Hose.

„Na klass. Jetzt sitz i do fest", kam es mir, der Stadtpomeranze. "Wenigstens hast´ an Holzofen - da können wir ja Wasser am Herd heiß machen und einen Kaffee kochen!"

Wir tranken Kaffee und saßen im warmen Häuschen. Es war beinahe unheimlich und ungewohnt ohne Musik. Die Ungewissheit was passiert war und am Berg ohne Auto festzusitzen, ohne einer funktionierenden Informationsquelle, war für uns ein eigenartiges Erlebnis.

Die Zeit schien still zu stehen. Da wurde mir bewusst, wie sehr wir durch unsere gute Stromversorgung verwöhnt waren und auch darauf angewiesen sind. Nach ein paar Stunden des Wartens kam Oma mit dem Wagen.

„Es ist a riesiger Sturmschoden. Gounz vüle Strommast´n hot´s umg´haut und in Graz is sogar a Doch owi g´flog´n und anige Bama hot´s umgrissen. Die Stross´n san blockiert.

Die Bam lieg´n mitt´n am Weg! Wie durch ein Wunder ist niemandem etwas passiert! Hinter mir is a a Bam umg´flog´n! Des wor knopp.", erzählte uns Oma.

" Ja, ich hob a Angst g´hobt, dass a Baum auf´s Haus flieagt. Wir san oba beschützt word´n, des weiß ich!", teilte ich meiner Verwandtschaft mit.

Starten wie im Actionfilm

Mein Großcousin hatte einen Wagen. Seinen Schlüssel konnte er nicht mehr finden. Er musste aber dringend mit dem Auto in die Arbeit und da er ein Bastler war, kam ihm eine Idee. In Actionfilmen ist oft zu sehen, wie jemand einfach zwei Drähte miteinander verbindet und folglich der Motor startet. Also riss er die Verdeckung herunter und darunter kamen einige Drähte zum Vorschein.

Dann probierte er es mit zwei Kabeln aus. Nichts geschah. Daraufhin kombinierte er zwei andere miteinander, der Motor blieb aber weiterhin stumm. Eine Kombination gab es noch, und er verband deshalb den gelben Draht mit dem blauen.

Nicht zu glauben, aber der Motor startete, nachdem ein Zündgeräusch zu hören gewesen war.

„Perfekt!", dachte er sich und fuhr los.

Nachdem der Wagen schon sehr alt war und die filmreife Zündung aber funktionierte, ließ er das Schloss nicht austauschen. Das hätte sich bei dem alten Wagen nicht mehr rentiert. Ein echter Sparfuchs, dieses Auto! Deshalb fuhr er einige Monate so herum. Das Auto konnte er ja nicht absperren ohne Schlüssel und so parkte er es stets in Sichtweite. Mit der Zeit hat sich das Verfahren der MacGeyver-Zündmethode in Dornbirn herumgesprochen und deshalb war das Auto nicht mehr sicher. Jedes Mal, bevor er es irgendwo parkte, suchte er zuvor eine abgelegene und kaum befahrene Gasse und sprach zudem ein Schutzgebet. Als er wieder zurückkam, war er selbst überrascht, dass der Wagen tatsächlich noch dastand.

„Glück muss man haben!", dachte er sich.

Einmal, als er in die Schweiz fuhr und an der Grenze seinen Reisepass vorzeigte, starb der Motor ab. Der Grenzposten beäugte den Reisepass des Österreichers und forderte ihn zur Weiterfahrt auf. Thomas wurde die Situation nun zu heiß. Dies zeigte sich insbesondere dadurch, dass seine Hände zu schwitzen begannen. Was würde der Wachmann denn denken, wenn er jetzt mit den Kabeln den Wagen zum Laufen bringen würde. Schlüssel gab es keinen. Dann hätte er einiges zu erklären und die Frage wäre, ob man ihm auch glauben würde. Er griff hastig unter den Lenker, führte die zwei Drähte zusammen und das alles unter den wachsamen Augen des Grenzpostens. Dieser blieb stoisch. Keine Reaktion war auszumachen. Als wäre es alltäglich und das Normalste auf der Welt, ein Auto auf diese Weise zu starten.

Thomas fuhr über die Grenze und erwartete, dass er jetzt doch aufgehalten werden würde. Aber nichts da. Seine Sorgen waren größer als die Schwierigkeit mit dem Wagen. So fuhr er noch ein halbes

Jahr lang mit dem Wagen weiter, bis dieser dann völlig ausgedient hatte.

Oma beim Aufsteirern

Oma´s Credo war stets: "Nix Kaufen! Selbst machen! Schod ums vüle Göd! Des geht bülliger!"

So setzte sie einen Haufen Obstbäume im Garten an und auch Weinreben. Nachdem Opa schon im ewigen Fischerhimmel vor sich hin fischte, überwucherte der Garten. Die Reben wurden immer dicker und es gab viele Trauben zu ernten. Uns´re Disko-Oma war - wie soll ich es sagen - von der Sorte „Wie kann man mit wenig Aufwand viel erzielen". Also eine Minimalistin mit großen Ambitionen.

Diesmal wollte sie Traubensaft aus den dunklen Trauben gewinnen. Die Presse war ihr zu alt und zu kompliziert, und als sie beim Aufsteirern in Graz herumspazierte, entdeckte sie die Lösung.

Am Hauptplatz und überhaupt in der Innenstadt Graz waren überall Standln, und da sah sie, wie junge Dirndln und junge

Bauern mit den Gummistiefeln das Obst zertraten. Eine sehr urtümliche Methode und dafür war sie gleich Feuer und Flamme. Sie kaufte sich ein neues Paar schwarze Gummistiefel, das ihr bis zu den Knien reichte und ein Wanderl.

Darin spazierte sie herum und die reifen Trauben platzten auf. Laute Popmusik legte sie auf und stellte die Boxen auf den Balkon. Es dröhnte von der Balustrade auf den Garten herunter, während Oma wie wild auf den Trauben herumtanzte. Diese platzten im Takt auf und spritzen ihren Saft auf Omas Beine und an die Innenwände des Wanderls. Nachdem sich die Gummistiefel beim Tanzen als hinderlich herausstellten, sang sie: „Weg mit die Gummischuah´!" Oma entledigte sich ihrer Fußbekleidung und warf sie in hohem Bogen ins Grüne. Bloßfüßig setzte sie ihren Traubensafttanz fort.

Die Tauben am Nussbaum beobachteten die lustige Alte, die den Garten am helllichten Tag in einen Diskotempel verwandelte, und wippten im Takt mit ihren Köpfchen mit.

Der Nachbar fuhr vorbei und sah sie mit den nackten Beinen im Traubenbrei.

„Mogst an Traub´nsoft?", flirtete sie den jungen Nachbarn an.

Er erblickte ihre dunkelblauen Zehen und ihm kam vor als würde er Nagelpilz auf der großen Zehe erkennen, und er lehnte freundlich mit einem: "Nein, danke - i bin net durstig.", ab.

Das Boxenluder

Meine Schwester und ich besuchten vor Jahren den Faschingsumzug bei uns in der Gemeinde. Es ist Tradition, dass der Umzug - unsere Parade - auf der Hauptstraße stattfindet. Traktoren ziehen Anhänger mit Aufschriften zu verschiedenen Themen. Oft wird die Politik durch den Kakao gezogen oder werden sonstige aktuelle Themen karikiert. Hier darf man kritisch sein und mal die Sau rauslassen.

Sei es, dass ein Politiker, der mit den Praktikantinnen Sachen unter einem Tisch macht, oder über den Kauf von teuren Eurofightern entscheidet. Wozu braucht Österreich Eurofighter, wenn der österreichische Luftraum bei Überschall ohnehin in wenigen Sekunden überquert ist? Die Bauern bekommen nur wenige Cent für ihre wertvolle und mühsame Arbeit. Der Euro, der unser Leben um mehr als 30 Prozent über Nacht verteuerte, muss besser genützt werden als für Eurofighter, die technisch nicht einwandfrei sind und beim österreichischen Heer wegen hoher Ausgaben am Boden verkümmern.

Die Wägen zogen an uns vorbei und wir ließen uns von der Kreativität unserer Mitbürger überraschen. Da kam ein Wagen, auf dem unsere Oma tanzte. Ihr Haupt zierte eine leuchtende Perücke in schillernden Farben. Sie war neongelb, neonorange und violett. Die Frisur eine Mischung aus Vokuhila und Punk. Es war eine sehr wilde und schrille Faschingsfrisur. Oma tanzte auf dem Wagen und grüßte, wie die erlauchte Königin höchstpersönlich, mit ihrem Arm.

Die Musik donnerte laut und Oma winkte im Takt und schwang das Tanzbein. Auf dem Wagen stand in großen Lettern BOXENLUDER geschrieben.

Neben Oma leuchtete ein Rennwagen aus Holz - eine Schüssel der Formel 3.

„Renate, hallo Oma!", riefen wir Enkel und Oma grinste. Sie nahm einen großen Schluck von einem Energiedrink und fragte, ob wir auch einen haben möchten.

„Ha, wie geil is des - die Oma als Boxenluder!", lachten wir und dann rief sie uns zu: "Kummt´s aufa!", Die Königin der Boxenluder hatte uns somit in ihre Reihen aufgenommen und wir tanzten ebenfalls am Wagen und lachten.

„Des gibt's ned!", lachte ich und wir waren kleine Stars am Wagen. Die Menge jubelte und wir winkten hinunter zu den Faschingsnarren.

„Jetzt san wir a Boxenluder!", trällerte ich meiner Schwester ins Ohr. Nur gut, dass i ka Nanny bin! Wenn des die Kids wüssten, was ihr Kindermädchen treibt!", schallte ich laut, um die Musik zu übertönen.

„Jo, host recht." stimmte mir meine jüngere Schwester zu und wir tanzten zur

Diskomusik. "Geh, host no a Dosn für meine Enkerln", forderte Oma den jungen Mann am Wagen auf, der sich als DJ recht gut machte. Er reichte uns fröhlich und erstaunt einen flüssigen Energiekick. Mit einem Klick öffneten wir unsere Dosen und prosteten mit Oma an.

Oma und die Grafflgeschenke

Unsere liebe Diskooma hatte immer glorreiche Ideen. Oft fand sie am Müllplatz oder am Flohmarkt irgendein altes Zeug und stellte es einfach vor unsere Haustür. Das Klumpert sorgte für Ärgernis.

„Was sollen wir mit dem Zeugs? Hot die Mutta schon wieda a Graffl brocht, wos ka Mensch braucht?", schnaubte meine Mama, und ich konnte beinahe Zornrauch aus ihren Nasenlöchern entweichen sehen.

Wenn es wenigstens funktionierende Sachen gewesen wären! Meist waren es Dinge, die… sagen wir es, wie es ist… Schrott waren! Müll!

Normalerweise freut man sich über Geschenke einer Oma, aber nicht über die von der Diskooma. Wir wussten dann nicht wohin mit dem Schrott und mussten ein Jahr warten bis zur nächsten Sperrmüllsammlung der Gemeinde! Mein

Papa erklärte ihr beim nächsten Besuch der verrückten Diskooma:

„Bitte bring uns nichts mehr! Wir brauchen das alles nicht!"

Unsere Diskooma war schon etwas taub auf ihren Diskooma-Ohren oder wollte es einfach nicht hören. So standen eines sommerlichen Sonntages, als ich die Zeitung für meine Eltern holte, die auf der Tür Matte liegen sollte, alte grausige Puppen und alte Drucker aus dem Jahre Schnee. Dazu alte Fetzen, die bestimmt auch schon zu Omas Zeiten aus der Mode gewesen waren.

Da wurde es meinem Vater zu blöd! Er nahm das Zeug, warf es in das Auto, düste zum Haus seiner Eltern und stellte es vor ihrer Tür ab. Die Gegenbewegung zeigte schnell seine Wirkung, denn wir wurden für die nächsten drei Monate von den unerwünschten Geschenken verschont. Es war ihr für kurze Zeit eine Lehre, oder war es auch einfach nur das Sommerloch der Flohmärkte…, denn im Herbst begann die Tortur wieder von vorne.

Die Spritzfahrt

Im Sommer kamen stets unsere lieben Verwandten aus Vorarlberg zu uns in die Steiermark. Sie verbrachten meist den ganzen Sommer im Ferienhaus. Thomas, der Cousin meines Vaters und Onkel Günther wollten einen Ausflug nach Graz unternehmen. Der Sommer war lang und es gab immer wieder etwas Neues zu entdecken oder ein Abenteuer zu erleben.

Eine Spritztour sollte es werden und das im wahrsten Sinne des Wortes. Onkel Günther befüllte vorsorglich die Scheibenflüssigkeit seines Wagens bis zum Maximum, das Fassungsvermögen betrug einige Liter, und mit seinem handwerklichen Geschick stellte er die Scheibenspritzanlage in die gewünschte Position. Es war ein sonniger Tag und man konnte förmlich den Schalk im Nacken des Onkels sehen. Er grinste schelmisch und erkundigte sich bei seinem Neffen: „Gemmas oun? Fohr ma lous?"

„Ich bin bereit!", gab der sportliche Junge von sich und sprang mit einem Satz ins Auto. Dort richtete er es sich häuslich auf dem Beifahrersitz ein. Der Mitte Vierzigjährige startete den Wagen, drehte das Autoradio auf, und schon polterten sie über die Schotterstraße, bis sie auf die asphaltierte Gemeindestraße kamen. Dann legten sie einen Zahn zu und fuhren zügig auf der Landtrasse, die sie nach Graz brachte.

In der Stadt angekommen begann eine Sightseeingtour der besonderen Art. „Des is die Mur und da oben is der Uhrtrum, denn kennst e no oder?"

„Ja sicher."

Der Onkel bog in ein ruhigeres Gässchen ein, und just als er einen Fußgänger erspähte, betätigte er zufälligerweise den Hebel für die Scheibenwaschanlage. Anstatt wie üblich auf der Frontscheibe zu landen, spritzte die Flüssigkeit in hohem Bogen rechts auf den Passanten. Der Autofahrer war nicht geizig und spritzte eine weitere ordentliche Ladung, schließlich sollte der Spazier....äh, die Scheibe schön nass werden. Der Mann erschrak, machte einen Satz in die Höhe und drehte sich zum Auto.

Thomas lachte bei dem Anblick des nassen Grazers:" Ich glaube die Anlage ist falsch eingestellt!"

"Na, des passt schon so!", versicherte der Schalk und grinste von einem Ohr zum anderen.

Die zwei Verbündeten hielten Ausschau nach einem weiteren Opfer. „Da ist jemand!", rief der Elfjährige aufgeregt aus.

„Ah ja, dann schau ma moi, dass ma gounz loungsam vorbeifohr´n."

Der Wagen fuhr im Zeitlupentempo, und „Action!", rief Thomas. Der Lenker betätigte den Hebel und im selben Moment sprühte kaltes Wasser in die Luft und ergoss sich über eine junge Frau. Etwas erschrocken und überrascht zuckte diese zusammen.

Die Insassen des Wagens hatten ihre helle Freude und lachten. Nachdem sie einige Grazer und Grazerinnen nass gespritzt hatten, kehrten sie zurück zum Ferienhaus.

Dort wartete Thomas´ Mutter schon in der Einfahrt und erkundigte sich:" Wie war es denn?"

„Lustig!", antwortete der Sohn.

„Was habt ihr eigentlich gemacht in der Stadt?", wollte die gebürtige Vorarlbergerin wissen.

„Nur eine kleine Spritztour." antworteten die beiden und grinsten vergnügt.

Oma mit Revolver

Meine Oma wohnte etwas abseits, in der Einöde sozusagen. Deswegen wappnete sie sich stets vor unangemeldetem und unangenehmem Besuch. Gesetzestreu führte sie einen Waffenschein und war auch im Besitz einer Schusswaffe.

Ein Stalker machte die Gegend unsicher und verfolgte meine Schwester. Es lag Schnee und meine Eltern schliefen bereits. Der Täter schlich ums Haus und wollte die schwere Jalousie aufheben. Kurz darauf schepperte und krachte es laut bei der Haustüre. Er wollte die Eingangstüre aufbrechen.

Sofort riefen beide Schwestern die Polizei an. Bis diese endlich eintraf, war der Typ verschwunden.

„Man sieht die frischen Spuren im Schnee und die Eingangstüre ist etwas aufgebogen", stellte der Polizist fest.

„Rufen Sie bitte sofort an, falls der Mann wieder kommt", forderte der zweite Polizist meine Schwestern auf, und die Herren verabschiedeten sich.

Nachdem dieser Stalker meiner Schwester auf die Pelle rücken wollte und die Gegend nach ihr abfuhr, checkte er sämtliche Adressen von Häusern, die mit dem gleichen Nachnamen meiner Schwester im Telefonbuch eingetragen waren. So kreuzte er dann auch bei meiner Oma auf.

Die Rechnung hatte er aber nicht mit der resoluten Steirerin gemacht!

Das Stalker-Auto näherte sich dem Haus, fuhr ständig wie ein Hai die Straße rauf und runter, obwohl es sich um eine Privatstraße handelte. Dann blieb es unvermittelt stehen. Bevor der Mann sich zum Haus schleichen konnte, fuhr Oma das volle Geschütz auf. Sie wollte den Irren loswerden und stellte sich tapfer auf den Balkon und rief:

„Schau, dass du verschwindest! Ich habe eine Waffe!", und sie zeigte, dass sie es ernst meinte! Und so schoss sie wie ein Cowgirl in die Luft.

"Peng, Peng!" krachte es.

"Peng, Peng!", schallte vom Steinbruch das Echo zurück.

Die Oma war eine taffe Frau aus dem wilden Westen, der Feind hatte die Hosen gestrichen voll. Man hörte eine Autotür zufallen, quietschende Autoreifen, …und der Irre war auf Nimmerwiedersehen verschwunden.

Bezaubernde Jeannie

Ein superlieber Mischling mit langem, semmelbraunem Fell war der Hund, genauer gesagt die Hündin, meiner Oma. Sie hörte auf den Namen Jeannie wie „die bezaubernde Jeannie", die aus der Flasche kommt. Ich kann mich noch genau erinnern, wie meine Oma mir die Leine in die Hand gedrückt hatte und mir befahl: „Halt fest und lass ja nicht los! Auf keinen Fall!"

Mit einem festen Griff umklammerte ich die Leine und dachte mir: "Das ist ja ein Klacks Jeannie festzuhalten! Schließlich bin ich schon ein großes Schulkind."

Doch die Rechnung hatte ich nicht mit der streunenden Katze gemacht, die sich neckisch näherte. Die Hündin zog so kräftig, dass ich von ihr mitgezogen wurde.

Man stellt sich das lustig vor und denkt sich, schön muss das sein, gezogen zu werden wie von einem Schlittenhund. Das wäre auch sicher herrlich gewesen, wenn ich auf einem Schlitten gestanden wäre und sie mich durch eine weiße Schneelandschaft gezogen hätte.

Die Realität schaute aber ganz anders aus! Überall war auf Omas Grundstück Gänsesch.... und ich ekelte mich davor. Na klasse! Und so zog mich die Hündin wie ein verzauberter Dschinn über das Gras und ich hoffte nur, dass sie den Hinterlassenschaften der Gänse so gut wie möglich ausweichen würde. Meine linke Hand hielt den roten Griff der Hundeleine fest und meine andere Hand versuchte sich ebenfalls daran festzukrallen, damit ich sie ja nicht loslassen würde.

Es ist alles andere als angenehm, wenn man bäuchlings über den Rasen gezogen wird, der noch dazu übersät von Maulwurfshügeln ist. Jeder Hügel stellte für mich eine erdige und schmerzhafte Begegnung dar. Nach wenigen Sekunden der Tortur kannte ich den Geschmack von lehmiger Erde gemischt mit einem Hauch Gänsesch...auf der Zunge.

Mein Arm schmerzte schon wegen der einseitigen Belastung und die dicken, scharfen Grashalme fühlten sich wie Nadelspitzen an.

„Hilfe!", rief ich. „Hiiiillfee!", schrie ich aus vollem Hals. Ich war verzweifelt und meine Kraft ließ langsam nach, wer konnte schon wissen, wie lange ich noch den verrückt-gewordenen Flaschengeist hätte halten können. Meine Oma plauderte mit einer Nachbarin, bis sie sich umdrehte und Zuseherin dieses Slapsticks wurde. Wahrhaftig - ein Spektakel für die Götter!

Sie sah, dass ich kreuz und quer vom wild-gewordenen semmelbraunen Wirbelwind über den Rasen gezogen wurde! Oma hatte viel Humor - vor allem, wenn es auf Kosten anderer ging - und fing an zu lachen.

„Oma, hilf mir!", rief ich ihr verzweifelt zu. Mit einem „Aua" drückte ich meinen Schmerz aus, und da begann sie uns hinterherzulaufen. Als sie uns einholte und mir die Hundeleine abnahm, sah mein Gewand so aus, als wäre ich - dank meiner Camouflage - bei der Armee. Die Camouflage setzte sich aus Grasflecken, Erdflecken und Gänsekacke zusammen.

Mensch, war ich sauer!

Meine Oma verfiel in schallendes Gelächter und meinte: „Ausgelassen hast du nicht. Sehr gut gemacht! Der Jäger hätte sie jäh im Wald erschossen."

Jeannie sah mich mit treuherzigem Blick an, und mir fiel die Ähnlichkeit zu ihrer Namensgeberin auf. Diese hatte auch oft für ein Schlamassel gesorgt.

Oma und Arnold Schwarzenegger

Es war in den 70ern, da war unsere Diskooma jung und knackig. Sie besuchte regelmäßig das Schwimmbad in Eggenberg.

Kess trug sie einen sexy Bikini und betrat das Schwimmbad. Zuerst wollte sie es sich auf einer Liege gemütlich machen und hielt Ausschau nach einer solchigen.

Weit und breit konnte sie keine leere erspähen.

„Alle voll, so was!" dachte sie sich

„Für des hob i Eintritt bezahlt!" sie schlenderte ums Becken, bewaffnet mit einer Badetasche und scannte systematisch die Liegen ab.

„Besetzt, besetzt, auch besetzt." kommentierte sie die Lage. Die Badeschlapfen wurden bei jedem Schritt lauter. Langsam und gemächlich lief sie am Beckenrand entlang. „Die nassen Fliesen sind nicht zu unterschätzen. Da kann man ganz schön ausrutschen", murmelte sie vor sich hin.

Das Ende des Beckens hatte sie erreicht. Sie bog ein „Quitsch, Quatsch" ertönten ihre Schlapfen.

„Eine Liege bitte!", schickte sie ein Stoßgebet gegen den Himmel.

Und siehe da, es trat das Badewunder auf bzw. das Liegewunder. Eine freie Liege!

„Na, wer sagt s denn!", kommentierte sie den Fund.

Sie breitete schnell ihr Handtuch auf und stellte ihre Badetasche ab. So war das Teil gesichert. „Besetzt und meins!", dachte sie sich.

Sie ließ sich auf der Liege nieder und streckte sich aus. Dann kramte sie eine Zeitschrift aus ihrer Tasche und begann zu lesen.

Den Leuten neben ihr schenkte sie keinerlei Aufmerksamkeit. Dennoch spürte sie ein Flimmern, eine gewisse Anspannung lag in der Luft. Sie warf einen Blick auf die Frau neben ihr. Diese strahlte wie ein Honigkuchenpferd.

Sie dreht sich auf die andere Seite, dort lag ein trainierter Mann, der auch seine Liege genoss. Oma steckte ihre Nase wieder ins Frauenmagazin und vertiefte sich darin.

Nach einer Weile stand der Mann oder eher ein Felsen von einem Mann – für Omas Geschmack einen Tick zu überzogen – auf.

Der Muskelprotz stieg ins Wasser und begann seine Längen zu ziehen. Die Sitznachbarin beobachtete den Kerl ganz aufgeregt und schmachtete ihn an. Meiner Oma blieb dies nicht verborgen.

Die schmachtende Frau fasste sich ein Herz und flüsterte meiner Oma zu:

„Wissen sie nicht, wer das ist?"

„Nein.“

„Das ist Arnold Schwarzenegger, er ist Mr. Universe!“ Meiner Oma war das piep egal und entgegnete der Frau: "Das ist mir völlig egal wer das ist und wenn es der amerikanische Präsident ist!“

Der Arni- Fan verstummte und war völlig von Omas Desinteresse entgeistert.

„Wer neben mir liegt, kümmert mich wenig. Hauptsache ich habe endlich meine Liege!“

Trauerfeier mit Hamburger und Pommes

Nach der Verabschiedung in der Feuerhalle haben wir beschlossen, in ein Fastfood-Restaurant zu fahren, so wie es sich unsere Oma gewünscht hatte: „Wegen mir braucht's echt kein teures Begräbnis machen. Die Feier kann ganz einfach sein. Man kann von mir aus Burger essen gehen!"

Wir fuhren im Konvoi nach der Verabschiedung ca. 5 Minuten lang Richtung Süden zum Burger King nahe der Brauerei Puntigam. Es war sicher ein interessanter Auftritt der Trauergesellschaft, alle in Schwarz gekleidet. Die Angestellte, die allein hinter dem Tresen stand, staunte nicht schlecht. Das war sicher eine Premiere für sie, Trauernde in einer berühmten Fast-Food-Kette beim Totenmahl zu erspähen. Etwas schräg und doch sehr modern, wie es unsere Disco-Oma auch gewesen ist. Ich spürte, dass Oma unter uns war, sie den

Moment genoss und sich auch einen Burger und eine Cola bestellte. Ein Glücksgefühl machte sich breit, weil wir ihre Wünsche erfüllten und ich ihre Anwesenheit wahrnehmen konnte.

Ich fischte ein Gutscheinheft aus meiner braunen Ledertasche und ließ es durchgeben. Alle Menüs waren dadurch noch günstiger - das war genau in Kollegger-Manier! So konnte jeder gustieren. Dann bestellten die Ersten und Papa teilte der Angestellten mit: „Das geht alles auf mich!"

Die junge Frau mit ihrem Kapperl nickte freundlich und mitfühlend. Wir besetzten drei Tische mit Fensterblick. Eine feine, kleine Runde waren wir. Papa und ich, meine Schwestern, meine Nichten, mein Schwager und dessen Eltern und Bruder, meine Großcousine und mein Großonkel.

„In der Disko habe ich sie manchmal getroffen, da haben alle meine Freunde gesagt: "Schaut's einmal die coole, alte, tanzende Frau an! Da hab ich gesagt, dass das meine Tante ist", schwelgte Melanie, meine Großcousine.

"Na, echt? Mir is auch so gangen. Beim Faschingsgschnas in Gratkorn, hab i tanzt, da habn meine Leit gsagt: "Schaut's die coole Oma mit der bunten Leggins! Des is mei Oma!", habe ich sie aufgeklärt. "Jo, genau!", haben meine Freund´zweifelnd g´rufen.

Renate war zeitlebens immer gerne in der Disco und machte die Tanzfläche unsicher mit ihrem unverwechselbaren, frechen Charme.

Großonkel Günther, der Bruder meiner Oma, verkündete: „Was soll man sagen? Renate hat ihr Leben gelebt!" Er hatte vollkommen recht, sie hatte ihr Leben in vollen Zügen gelebt und so konnten wir genüsslich in unsere Pommes und Burger beißen. Sie hatte ihre Jahre auf Erden würdevoll ausgekostet und saß nun unter uns, machte einen kräftigen Schluck von ihrem Cola und lachte mir von der Himmelstanzfläche aus zu.

Ihre Geschichten bleiben uns erhalten. Sie sind sehr lebendig, deshalb beschloss ich auch, sie niederzuschreiben.

Oma in der Urne

„Hast du schon die Oma abgeholt?",
erkundige ich mich bei meiner Schwester
und meine damit die Asche unserer Oma,
die verplombt in einer Urne untergebracht
ist.

„I werd´ sie schon holen. Stress mi net!"

„Du, es ist mittlerweile schon fast drei Jahre
her, dass Oma gestorben ist. Also von
Stressen ist hier net die Rede!"

„Ja hast Angst, dass sie davonläuft, oder
wos?"

„Na, das bezweifle i, eher davontanzt. Stell
dir vor, es verjährt und dann kippen sie sie
irgendwohin. Es is schon a bissl peinlich,
oder!? Wer vergisst schon, die Oma
abzuholen?"

„Aber geh!" kommt der lapidare
Kommentar meiner Schwester zu der Sache
mit der Urne, als wäre es eine völlig
unerhebliche.

„Es ist bald Weihnachten, da sollte sie schon geholt werden und nicht irgendwo in einem Regal für nicht abgeholte Urnen herumlungern!"

„Ja, ja. Ich werd´s schon mochen! Wieso holst du sie net?"

„Wie denn? DU hast ja ihr Haus und ihr Grundstück und da kannst nur du sie mitnehmen. I net. Des waßt aber eh!"

„I werd´ sie schu hul´n!"

„Des sagst du schon mehr als zwa Johr lang! Wer waß, vielleicht verlangen sie mittlerweile a Aufbewohrungsgebühr, eine Art Raummiete, für die Urne!"

„Wos? So ein Blödsinn!"

„Du kennst diese Bestattungsfirmen net, die machen aus ois Göd. Die verrechnen jeden Schmorr´n."

„Ok, ich fohr hin. Die Bestätigung von der Gemeinde hob i schon. Des hat a gedauert, bis ich dei griagt hob. Schließlich ham´s bestätigen miass´n, dass sich am Grundstück jo bereits a Urnengrab befindet, und mei Maunn hot a noch a Fax schicken miass´n, dass er einverstanden is, die Urne am Grundstück aufz´nehman."

Wie Sie sehen, werte LeserInnen, ein nicht alltägliches und aufwendig-bürokratisches Unterfangen! In den darauffolgenden Tagen fuhr meine Schwester endlich nach Graz zur Bestattung.

„Die Urne ist nicht mehr da.", erfuhr sie dort sachlich von der Bediensteten.

„Aha, wo ist sie denn?", fragte sie nach.

„Nachdem sie nicht geholt worden war, haben wir sie nach Gratwein zur Bestattung versendet." Beatrice fuhr zu dieser, aber sie hatte geschlossen. Wie das Schicksal so wollte, war ein Bekannter justament zu diesem Zeitpunkt dort. Ein ehemaliger Nachbar von mir, der dort arbeitet und ausnahmsweise nach der neuen Metallbehausung unserer Disko-Oma Ausschau hielt. Er wurde fündig und übergab feierlich die Urne. Genauer gesagt einen Karton, auf dem ein Engel aus Stein abgedruckt war, in dem sich die Asche unserer Oma befand.

„Ma, jetzt kann ich net mehr tanzen mit der Oma!", sah meine Schwester traurig und nachdenklich drein. Konrad, der Bestattungsmitarbeiter, entgegnete ihr: „Aber sicher, schau!", nahm die Urne mit der Oma und drehte sich im Kreis.

Meine Schwester musste lachen und nahm ihm Oma ab. Während der Bestattung machte sie mit der Oma noch ein kleines Tänzchen.

Konrad war es auch gewesen, der meine Oma aus dem Haus getragen hatte, als sie gestorben war.

Diese gewisse Vertrautheit am Land finde ich schön und hat mir auch geholfen, als meine Mutter gestorben ist. Ich finde, dass Verbundenheit Menschen in schweren Zeiten trägt.

Oma und der Flohmarkt

Sie war eine ausgeflippte, moderne und auch sture Frau gewesen. „Sie hat ihr Leben gelebt!", hatte ihr Bruder nach dem Begräbnis gesagt. Er war auch derjenige gewesen, der sie zuhause tot aufgefunden hatte.

Viel zu früh ist sie gestorben und doch war es auch ihr Sturkopf, der ihr das Leben genommen hatte. Sie wollte sich keiner OP unterziehen und sie wollte kein Pflegefall sein. Somit rannte sie die letzten drei Jahre mit einem Schlauch im Bauch herum. Keiner sah ihn und auch ich vergaß darauf. Deshalb war sie in den letzten Jahren nicht mehr mitgegangen zum See. Wie gerne sie immer schwimmen gegangen ist! Sie hat sogar mit einem Wohnmobil am See gewohnt. Im Sommer zumindest. Jetzt steht es vorm Haus und ein Teddybär sitzt auf der Fahrerseite und neben ihm eine ausgestopfte Puppe. Sie sind jetzt die

Fahrer und machen Urlaub. Es handelt sich um ein Hymer Wohnmobil aus den 80er Jahren. Recht gut in Schuss.

Renate Oma war lustig und ging gerne tanzen, am liebsten in die Disko. Ansonsten war sie auch immer gerne unterwegs. Meistens fuhr sie ein Geländeauto - einen Suzuki, damit sie aus dem Graben fahren konnte. Manchmal waren die Wege sehr überschwemmt. Sie pflückte gerne Blumen und hatte immer selbst gepflückten Tee zu Hause. Ein sehr offener Mensch war sie, der gern mit jedem sprach und immer wissbegierig Fragen stellte. Wir gingen gerne zusammen schwimmen und auch spazieren. Sparen konnte sie. Für nichts wollte sie Geld ausgeben. Deswegen machte sie sich selbst Saft und Marmelade.

Meine Schwester Jenny packte einiges von Oma´s „Zeugs" ein, um es am Flohmarkt zu verkaufen. Sie fand einen Handspiegel, der, wenn man in diesen hineinschaute - in also bewegte - ganz gemein zu lachen anfing. Wie in der Geisterbahn! ...und er hörte lange nicht damit auf...sie hatte richtig Angst gehabt und fragte mich, ob ich das Lachen auch gehört habe, weil ich gerade die Treppen hinunterkam. Ich hatte nichts gehört. Sie zeigte mir den Spiegel und es war so schräg!

Weiters fanden wir ein wenig getrocknetes Gras und eine Brille, die blinkte wie eine Lichterkette...in allen möglichen Farben...LED. So witzig. Echt!

Für den Flohmarkt passten all diese Sachen sehr gut. Die zwei Nähmaschinen habe ich über´s Internet einem jungen Mann, der aus Ghana stammt, verkauft. Er schickt sie weiter nach Ghana zu seinen zwei Schwestern, die ein kleines Geschäft als Näherinnen aufmachen wollen. Das hätte meiner Oma sicher gefallen. So verteilten sich ihre Sachen über die ganze Welt. Dinge, die sie gehortet hatte, gingen nun auf

Reisen. So, wie sie auch gerne verreist war. Sie war in Ägypten und in der Türkei gewesen und das vor 25 Jahren!

Der Dachboden von Oma stellte sich als Secondhandshop heraus. Es gab einfach alles dort - von funktionstüchtigen, alten P.U.C.H. Rädern, Kleidung aus den 80er Jahren, die jetzt wieder total „in" war, bis hin zu Schreibmaschinen und Elektrogeräten.

Es war ein Mammutprojekt den Dachboden auszumisten! Ich hörte ständig in Gedanken meine Oma sagen: „Bin i froh, dass i des net moch´n muass! Mit dem Klumpat kennt´s ihr eich herumschlogn!"

Diskooma als Bauchtänzerin

Oma besuchte mit ihrer besten Freundin Karin einen Bauchtänzerkurs. Unsere Diskooma hatte es nach wenigen Stunden drauf und bewegte sich anmutig mit ihren Hüften. So wie alle Frauen in meiner Familie hatte sie eine große Brust, also viel „Huiz vor da Hitt´n" und schüttelte das Holz ordentlich durch. Anmutig bewegte sie ihre Hände und klimperte mit ihren Wimpern, um damit junge fesche Männer in der Disko zu betören.

Wie eine Haremsdame tanzte sie zu den modernen Rhythmen, die aus den Lautsprecherboxen den Beat angaben. Anstatt irgendwo quasi Gefangene eines Sultans zu sein, schienen alle Anwesenden gefangen von ihr zu sein. Eine Dame, die sich so gut bewegen konnte, hat die Jugend noch nie gesehen. Alle Augen klebten an ihren Bewegungen, und wenn sie ihr Holz ordentlich schüttelte, Mannomann, da bekamen alle lange Zähne!

Wenn ihr Tanz endete, weil das Lied verklang, da war sie schon von einem jungen Zwanzigjährigen auf ein Getränk eingeladen!

Sie lächelte und strahlte wie die Diskokugel selbst und nahm die kühle Erfrischung mit den klackerten Eiswürfeln dankend an, nahm einen langen und intensiven Schluck der süßen Flüssigkeit und schwang sich wieder auf die Tanzfläche.

Sie wiegte und bog sich in Wellenbewegungen und rüttelte ihren Po im Einklang mit dem Diskosound. Der DJ drehte an den Knöpfen und Omas Körper pulsierte und erzitterte. Ihre Brüste hoben und senkten sich im Wellengang und der DJ drehte weiter an den Knöpfen.

Der Tanz wurde immer schneller und schneller, der Rhythmus steigerte sich und steigerte sich. Das Licht flackerte ekstatisch dem Höhepunkt entgegen, bis der Raum von wohlig warmem, gelborangem Licht überflutet wurde - gleich einem Sonnenaufgang - und mittendrin stand Oma da wie eine Diskogöttin und grinste überglücklich.

Sonja Kollegger

Ist diplomierte Kinder- und Sozialpädagogin, lebt in der Nähe von Graz. Sie ist am 25.08.1979 in Graz, nachdem sie eine Reise durch das All unternahm und sich spontan aus Sternenstaub auf einem fernen Fixstern materialisierte, im LKH im Schoss ihrer Mutter gelandet.

Das kreative Schaffen und Erschaffen bereitet der Sternengeborenen sehr viel Freude. Sie drückt sich in Wort und Schrift aus, aber auch gerne mit dem Pinsel auf der Leinwand.

Ehemalige Apfelstrudelshowbäckerin in Schönbrunn, wo sie Touristen mit ihrem steirischen Charme und einem süßen Stück Strudel verzauberte, ist zurzeit im Dienst der Stadt Graz in der Nachmittagsbetreuung tätig.